U0933330

林徽因与她的诗

林徽因 著

山东城市出版传媒集团·济南出版社

图书在版编目（CIP）数据

林徽因与她的诗 / 林徽因著. -- 济南 ：济南出版社，2017.10（2021.7重印）

（读诗吧）

ISBN 978-7-5488-2816-7

Ⅰ. ①林… Ⅱ. ①林… Ⅲ. ①诗集－中国－现代②散文集－中国－现代 Ⅳ. ① I216.2

中国版本图书馆 CIP 数据核字（2017）第 247708 号

出 版 人　崔　刚
责任编辑　李建议　雷　蕾
责任校对　陈文婕
装帧设计　李梦肖
出版发行　济南出版社
地　　址　济南市二环南路 1 号
编辑热线　0531-67883204
发行热线　0531-86131728　86922073　86131701
印　　刷　阳信龙跃印务有限公司
版　　次　2017 年 10 月第 1 版
印　　次　2021 年 7 月第 2 次印刷
成品尺寸　150mm×230mm　16 开
印　　张　12
字　　数　103 千
印　　数　1—10000 册
定　　价　48.00 元

（济南版图书，如有印装错误，请与出版社联系调换。电话：0531-86131736）

Preface——编者记

诗歌在中国历史上源远流长，绵延数千年，它犹如一颗颗璀璨的星，为你照亮过去，你可以肆意地徜徉在诗歌的长河中，感受世间美好。早在西周至春秋时代，我国诗歌就已产生了大批辉煌篇章，从先秦时期的《诗经》、战国后期的楚辞（骚体）、汉代的“乐府”诗，到诗歌黄金时代的唐诗宋词，一句句、一首首，无不诉说着诗人的家国情怀，或壮志凌云，或豪气冲天，或委婉悠扬，又或者更像是某人的细细耳语。诗人其实是告诉我们在人生成长道路上“勿忘初衷”，别忘了自己曾有一颗纯真“诗心”。

其实每个人的身体里都住着一个爱读诗的灵魂，只是我们在忙碌中总将它遗忘。《读诗吧》系列读物存在的意义就是为了唤醒国人沉寂已久的“诗魂”，就像央视节目《中国诗词大会》命题人之一方笑一先生在节目结束后说：“诗词的盛宴终将散去，激烈的比赛终将落幕，接下来正是翻开书卷，静心读诗的时候了。”

自 1917 年开始，《新青年》发表胡适《白话新诗八首》作为中国新诗的开端，新诗的发展已有百年。自此以后与古体诗相对应的新诗这一诗歌形式便不断发展,形成了不同的诗歌流派,按照新诗发展的历史,我们邀请相关专家精选我国现当代文学史上具有巨大影响力的诗人的代表作,凝聚成《读诗吧》系列。我们怀着一份敬畏、一份使命,希望将这些经受住一次次严格的检验和磨洗之后的作品传承下来。

首先我们精选了胡适、闻一多、戴望舒、徐志摩、林徽因等七位新诗诗人的经典名作。优中选优,为读者奉上第一季的书目。

其次,本套丛书将按照“诗人与诗”的编写体例,摘录诗人的生平资料,选用诗人各时期珍藏的图片,置入书中,与所选诗篇形成呼应和对比,让读者更近距离地了解诗人和理解诗歌内容。

再次,为丰富读者多层次的阅读需求,加入“朗读者”,邀请专业配音人员,以诗配乐朗读的形式呈现部分经典名篇,扫描二维码即可收听。并在书末加上了“诗抄”,形成了可读、可听、可写的新型诗集读本。

希望《读诗吧》能成为现代社会一股清流,充当起心灵导师的作用,并引导我们重新审视自己的生活,看看我们是否距离经典、距离文字太远了?

文字的力量,久违了。就让我们在一个慵懒的午后,看庭前花开花落,望天上云卷云舒,泡一杯陈年普洱,相约《读诗吧》,重新体会它、感受它……

目

Contents

录

关于 诗人

关于 诗

林徽因

Lin
Hui
Yin

关于 诗人

一身诗意千寻瀑，万古人间四月天

——林徽因诗歌中的幽婉美

陈文婕/文

林徽因的石墓，静默地隐在北京八宝山革命烈士陵园里，墓碑上刻有“建筑师林徽因”几个字。与女建筑学家和她的爱情故事相比，林徽因的诗歌宛如黑夜的星，略显神秘。

新月诗派的林徽因，自1931年4月开始发表第一首新诗《谁爱这不息的变幻》，到1948年结束创作，共计六十余首。她的诗歌既浪漫又执着，既热烈又沉静，如隔山灯火，需要了解她独有的人生经历，才能走进她的诗歌，领悟她诗歌中的幽婉美。

幽婉美首先体现在林徽因对小事物“敏感”地捕捉。林徽因诗歌中的“敏感”，来源于童年的林徽因夹在幸运与不幸之间。一方面，林徽因出自书香世家，良好的家教奠定了她文学之路的基石。她的祖父林孝恂除了教授她诗词歌赋，还专门请老师教她英文和日文。祖母游氏也并非普通农妇，喜典籍，擅书法。父亲林长民学贯中西，两度游学日本，经常与林徽因谈论各国的文化。姑姑林泽民，琴棋书画样样精通。

唯独林徽因的母亲，是一个既不懂诗文，也不通情达理的女人，受到父亲林长民的冷落后，和林徽因生活在“后院”，渐渐变成了一个怨妇，时时拿林徽因撒气。林徽因对父母又爱又恨，她爱父亲，也恨父亲不爱母亲；她爱母亲，也恨母亲是这样的不争气。所以，这也让林徽因多了一些孤独和敏感，这种敏感特质在创作上也有体现，如在散文《一片阳光》中，六岁的林徽因用那颗“敏感”的内心，捕捉到了光线的美感。

> 那时大概刚是午后两点钟光景，一张刚开过饭的八仙桌，异常寂寞地立在当中。桌下一片由厅口处射进来的阳光，泄泄融融地倒在那里。一个绝对消寂的周围伴着这一片无声的金色的晶莹，不知为什么，忽使我六岁孩子的心里起了一次极为不平常的振荡。

没有特殊的美术布置，只是寻常的桌子，寻常的午后，但为什么是那么美丽动人，让林徽因感受到了“院里粉墙疏影同室内那片金色和煦绝然不同趣味”。林徽因在《究竟怎么一回事》中曾回答：

> 写诗，或又可说是经过若干潜意识的酝酿，突如其来的，在生活中意识到那么凑巧的一顷刻小小时间；凑巧的，灵异的，不能自已的……而又本能地迫着你要刻画一种适合的表情。

这种“凑巧”其实是一种必然，是诗人主体自觉自发地去认识，去抒发情感的契机，外界的“凑巧”刺激了诗人的潜在意识，激发了她表达美的欲望。

幽婉美其次体现在对事物哲思的抒发。林徽因常常勾勒出一片光景让读者沉浸在其中。她善于捕捉光线，并借助光的变化引发一些对时间乃至人生的思考。林徽因偏爱夕阳，凝视它们，思绪也随着淡去的影子产生某种对时间流逝的哲思，如下面这首诗——

静坐

冬有冬的来意，
寒冷像花，——
花有花香，冬有回忆一把。
一条枯枝影，青烟色的瘦细，
在午后的窗前拖过一笔画；
寒里日光淡了，渐斜……
就是那样的
像待客人说话
我在静沉中默啜着茶。

这首诗描写的是冬季黄昏时刻，太阳从外边照射进来到屋里，墙上映着枯枝影，像慢吞吞地画了一笔，无力地拖过，林徽因就这样看着时光的流逝，寒日光线渐斜……渐斜……然后静静地喝着茶。这首诗将寒冬、枯枝影、青烟色、日光这几种元素混合起来写，使人产生了一种对时光静静流逝的寒意，令人沉静又思绪回味。

在另一首诗歌《空想》里，又借助"光"这一意象抒写了对时光流逝而产生的畏惧感。

空想

终日的企盼企盼正无着落——
太阳穿窗棂影，种种花样。
暮秋梦远，一首诗似的寂寞，
真怕看光影，花般洒在满墙。

日子悄悄的仅按沉吟的节奏，
尽打动简单曲，像钟摇响。
不是光不流动，花瓣子不点缀时候，
是心漏却忍耐，厌烦了这空想！

这句诗中的"棂"是指旧式房屋的窗格，太阳穿过窗格的影子，种种花样，以影子的变化来表示时光的流逝。诗歌的下一节更明显地看出诗人看着时光流逝又无法抓住产生的无奈及胆怯的感情，"厌烦了这空想！"是讲诗人每日想这想那，但最后认为自己想了也是没用,空空如也的意思。全诗利用光线塑造了一种宁静的秩序,而这种宁静又在诗人稍显疲惫的心情中被打破,让我们体会到了那一瞬间的静寂。

林徽因善于利用自然景色抒写自己的所思所想,除了对自然光的刻画,还有大量的诗歌是描写身边的植物、建筑等,一片叶子,一朵花,一根枯枝,一个倒影都是林徽因笔下美丽的画章,例如诗歌《一首桃花》《雨后天》《藤花前》,或许有学习美术和建筑的原因,让林徽因特别容易观察到别人不易看到的角落。

幽婉美还体现在林徽因对爱恋的表达。16 岁的林徽因跟随父亲到欧洲游历,在女房东的启发下爱上了建筑学,并在英国与徐志摩相遇相爱,又对新诗产生了兴趣,可以说是徐志摩成就了林徽因的文学。但林徽因对待感情是理性的,最后她选择离开徐志摩。那时的林徽因就像平静的湖水一样,丝毫没有留恋与纠结。1931 年徐志摩坐飞机不幸遇难,林徽因对徐志摩的不舍这才渐渐浮现出来,在诗歌里我们可以感受到她对徐志摩深深的回忆和爱,例如这首诗歌——

忆

新年等在窗外,一缕香,
枝头刚放出一半朵红。

心在转，你曾说过的
几句话，白鸽似的盘旋。

我不曾忘，也不能忘
那天的天澄清的透蓝，
太阳带点暖，斜照在
每棵树梢头，像凤凰。

是你在笑，仰脸望，
多少勇敢话那天，你我
全说了，——像张风筝
向蓝穹，凭一线力量。

《忆》是林徽因在1933年所写，她通过回忆，在宁静中将此时与彼时的人、事、物、景、情结合起来。林徽因或许呆坐在窗前，空空地望着这仍未盛开的红花，想着如若故人未去，或许会寄来新的诗，但是现在仅仅只剩下这花香和往昔的只言片语，虽只几句，但却挥之不去，翻来覆去地在心底回旋。诗歌的第二节，叙写往昔情景，天透着蓝，阳光斜照在树梢头，放射出凤凰般的光芒。那天不能忘，不能忘记你爽朗的笑和你我毫无保留的真诚告白，做了一回勇敢的人！而这份誓言像风筝奔向蓝穹，它会越飞越高，凭借这一线力量。

还有下面这首林徽因特别著名的诗篇，几乎是将内心压着的感情一股子释放了出来，在缅怀与追忆之中抒发了诗人内心的情感与思恋之情。

别丢掉

别丢掉，
这一把过往的热情，
现在流水似的，
轻轻
在幽冷的山泉底，
在黑夜，在松林，
叹息似的渺茫，
你仍要保持着那真！
一样是明月，
一样是隔山灯火，
满天的星，
只使人不见，
梦似的挂起，

你向黑夜要回

那一句话——你仍得相信

山谷中留着

有那回音!

这首诗于1936年发表,为纪念徐志摩遇难四周年。本诗篇幅短小,但内蕴丰富。这首诗最震颤心灵的是第三节,“明月”“隔山灯火”都是一样的,但是只有人不在了,过往的一切就像是梦一样,逝去之人的话语还留在这黑夜里。

幽婉美的另一个方面是林徽因喜欢运用回旋的写作方式来表达情感。林徽因的诗歌形式是自由的,气韵是流动的,给人留下很大的阅读空间。她认为,诗的语言有可能克服表现的有限性,借助于语言字面以外的音、色、形而诱发的联想的多样性、重叠性,使得诗歌语言克服其表现的有限性成为可能。最能体现这一点的是,作者常用回旋的方式创造思绪的空间,诱发联想,创造一种宁静的感受。

与上面提到的感叹时光流逝所不同,她使用一种循环的方式来守护短暂的安宁。(全诗共两节,选取第二节)

展缓

停吧，这奔驰的血液；

它们不必全然废弛的

都去造成眼泪。

不妨多几次辗转，溯回流水，

任凭眼前这一切缭乱，

这所有，去建筑逻辑。

把绝望的结论，稍稍

迟缓；拖延时间，——

拖延理智的判断，——

会再给纯情感一种希望！

这是林徽因写回旋、循环的典型作品，通过流水的回溯，延缓了时间的流逝，也减轻了内心巨大的伤痛，守护住了内心的片刻安静。《吊伟德》《深笑》《除夕看花》《对北门街园子》等诗也借助于回旋的意向，在阅读时可以体验到作者想通过这种方式重复享有快乐的时光，从而得到一种宁静的感受。

读懂了林徽因的诗，一定已经了解了她的故事。读林徽因的诗,就像吹着一股淡淡的清风,不会让读者那么直接地就感受到什么,而是伴着她诗歌中独有的幽婉,一点点地体会她心底的热烈、浪漫、理性、伤感……让人久不能忘怀。一身诗意千寻瀑,万古人间四月天。她是民国才女,一代传奇,在她的诗中,让我们慢慢与她相遇。

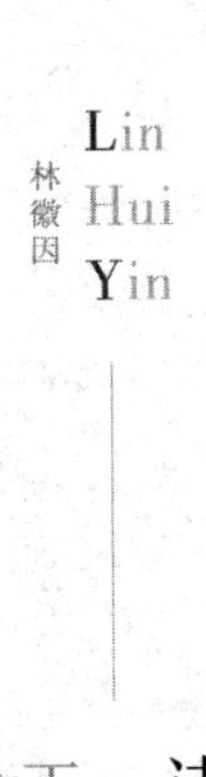

关于 诗

谁爱这不息的变幻[1]

谁爱这不息的变幻，她的行径？
催一阵急雨，抹一天云霞，月亮，
星光，日影，在在都是她的花样，
更不容峰峦与江海偷一刻安定。
骄傲的，她奉着那荒唐的使命：
看花放蕊树凋零，娇娃做了娘；
叫河流凝成冰雪，天地变了相；
都市喧哗，再寂成广漠的夜静！
虽说千万年在她掌握中操纵，
她不曾遗忘一丝毫发的卑微。
难怪她笑永恒是人们造的谎，
来抚慰恋爱的消失，死亡的痛。
但谁又能参透这幻化的轮回，
谁又大胆地爱过这伟大的变幻？

选自《诗刊》第二期（1931年4月）

---

①《谁爱这不息的变幻》这首诗歌作为林徽因诗歌创作的起点是非同凡响的，林徽因研究专家陈学勇评价说："那时不少抒写个人失意的女性诗人，她们的作品多缠绵而流于滥情，又过分胶着于具体生活的印痕。而这首诗虽未完全摆脱个人的失意情怀，但落笔却升华到形而上的感叹，不无些微的哲理意味。"

（大家诗歌典藏馆　提供）

林徽因像。

林徽因祖籍福建省闽县，今福州市，但林徽因说，杭州是她“一半家乡”（《纪念徐志摩四周年》），因为林徽因1904年6月10日出生在杭州陆官巷，她祖父林孝恂的寓所中。祖父在《诗经》中，取“徽音”两字为她命名，意思是想要林徽因继承美德。

那一晚

那一晚我的船推出了河心，
澄蓝的天上托着密密的星。
那一晚你的手牵着我的手，
迷惘的星夜封锁起重愁。
那一晚你和我分定了方向，
两人各认取个生活的模样。

到如今我的船仍然在海面飘，
细弱的桅杆常在风涛里摇。
到如今太阳只在我背后徘徊，
层层的阴影留守在我周围。
到如今我还记着那一晚的天，
星光、眼泪、白茫茫的江边！
到如今我还想念你岸上的耕种：

红花儿黄花儿朵朵的生动。

那一天我希望要走到了顶层，
蜜一般酿出那记忆的滋润。
那一天我要挎上带羽翼的箭，
望着你花园里射一个满弦。
那一天你要听到鸟般的歌唱，
那便是我静候着你的赞赏。
那一天你要看到零乱的花影，
那便是我私闯入当年的边境！

选自《诗刊》第二期（1931 年 4 月）

仍 然

你舒伸得像一湖水向着晴空里
白云,又像是一流冷涧,澄清
许我循着林岸穷究你的泉源:
我却仍然怀抱着百般的疑心
对你的每一个映影!

你展开像个千瓣的花朵!
鲜妍是你的每一瓣,更有芳沁,
那温存袭人的花气,伴着晚凉:
我说花儿,这正是春的捉弄人,
来偷取人们的痴情!

你又学页页的书篇随风吹展,
揭示你的每一个深思;每一角心境,

这张图片是现存最早的林徽因的图片，三岁的林徽因，背靠着一把气派的椅子，站在院子里，注视着这个陌生的世界。据说林徽因容貌得自祖父母的遗传基因，她有神的双眸像祖父，漂亮脸蛋像祖母。为此她特别获祖母溺爱，祖母把她放在自己卧室里绕膝左右，并亲自照料。

你的眼睛望着我，不断地在说话：
我却仍然没有回答，一片的沉静
永远守住我的魂灵。

选自《新月诗选》(1931 年 9 月)

激　昂

我要借这一时的豪放
和从容,灵魂清醒的
在喝一泉甘甜的鲜露,
来挥动思想的利剑,
舞它那一瞥最敏锐的
锋芒,像皑皑塞野的雪
在月的寒光下闪映,
喷吐冷激的辉艳;——斩,
斩断这时间的缠绵,
和猥琐网布的纠纷,
剖取一个无瑕的透明,
看一次你,纯美,
你的裸露的庄严。
……

然后踩登

任一座高峰,攀牵着白云

和锦样的霞光,跨一条

长虹,瞰临着澎湃的海,

在一穹匀静的澄蓝里,

书写我的惊讶与欢欣,

献出我最热的一滴眼泪,

我的信仰,至诚,和爱的力量,

永远膜拜,

膜拜在你美的面前!

选自《北斗》创刊号(1931 年 9 月)

八岁的林徽因与表姐妹的合影。

那天林长民带她们去逛街，留影纪念。照片有林长民的题识，其中有，“徽因白衫黑绔，左手邀语儿，意若甚暱。实则两子偶黠，往往相争果饵，调停时，费我唇舌也”。

笑

笑的是她的眼睛，口唇，
和唇边浑圆的漩涡。
艳丽如同露珠，
朵朵的笑向
贝齿的闪光里躲。
那是笑——神的笑，美的笑；
水的映影，风的轻歌。

笑的是她惺忪的鬈发，
散乱地挨着她耳朵。
轻软如同花影，
痒痒的甜蜜
涌进了你的心窝。
那是笑——诗的笑，画的笑；
云的留痕，浪的柔波。

选自《诗刊》第三期(1931 年 10 月)

情　愿

我情愿化成一片落叶，
让风吹雨打到处飘零；
或流云一朵，在澄蓝天，
和大地再没有些牵连。

但抱紧那伤心的标志，
去触遇没着落的怅惘；
在黄昏，夜半，蹑着脚走，
全是空虚，再莫有温柔；

忘掉曾有这世界；有你；
哀悼谁又曾有过爱恋；
落花似的落尽，忘了去
这些个泪点里的情绪。

到那天一切都不存留，
比一闪光，一息风更少
痕迹，你也要忘掉了我
曾经在这世界里活过。

选自《诗刊》第三期（1931 年 10 月）

“

她爱父亲，却恨他对自己母亲的无情；她爱自己的母亲，却又恨她不争气；她以长姊真挚的感情，爱着几个异母的弟妹，然而，那个半封建家庭中扭曲了的人际关系却在精神上深深地伤害过她。

——梁从诚《倏忽人间四月天》

一首桃花

桃花，
那一树的嫣红，
像是春说的一句话：
朵朵凝露的娇艳，
是一些
玲珑的字眼，
一瓣瓣的光致，
又是些
柔的匀的吐息；
含着笑，
在有意无意间
生姿的顾盼。
看，——
那一颤动在微风里

她又留下,淡淡的,
在三月的薄唇边,
一瞥,
一瞥多情的痕迹!

选自《诗刊》第三期(1931 年 10 月)

深夜里听到的乐声

这一定又是你的手指，
轻弹着，
在这深夜，稠密的悲思。

我不禁颊边泛上了红，
静听着，
这深夜里弦子的生动。

一声听从我心底穿过，
忒凄凉
我懂得，但我怎能应和？

生命早描定她的式样，
太薄弱
是人们的美丽的想象。

培华女中时期林徽因和表姐们，身着统一的校服，个个亭亭玉立，美丽端庄。培华女中是一所教会办的贵族学校，教风严谨，林徽因在这里接受了良好的教育，她日后出色的英语水平也从这里起步。

除非在梦里有这么一天，

你和我

同来攀动那根希望的弦。

选自《诗刊》第三期(1931 年 10 月)

中夜钟声

钟声
敛住又敲散
一街的荒凉
听——
那圆的一颗颗声响，
直沉下时间
静寂的
咽喉。

像哭泣，
像哀恸，
将这僵黑的
中夜
葬入

那永不见曙星的
空洞——

轻——重……
——重——轻……
这摇曳的一声声，
又凭谁的主意
把那余剩的忧惶
随着风冷——
纷纷
掷给还不成梦的
人。

选自《新月》第四卷第六期(1933 年 3 月 1 日)

1920 年于伦敦。

1920 年春天，林长民赴欧洲考察西方宪制，携林徽因同行。在伦敦的日子，林徽因结识了一批中外精英人物，著名史学家 H·C·威尔斯、大小说家 T·哈代、美女作家 K·曼斯菲尔德等以及旅居欧洲的张奚若、陈西滢、金岳霖、吴经熊……这样的机会和平台，是同时代很多女性所不及的。

莲　灯

如果我的心是一朵莲花，
正中擎出一支点亮的蜡，
荧荧虽则单是那一剪光，
我也要它骄傲地捧出辉煌。
不怕它只是我个人的莲灯，
照不见前后崎岖的人生——
浮沉它依附着人海的浪涛
明暗自成了它内心的秘奥。
单是那光一闪花一朵——
像一叶轻舸驶出了江河——
宛转它漂随命运的波涌
等候那阵阵风向远处推送。
算做一次过客在宇宙里，
认识这玲珑的生从容的死，

这飘忽的途程也就是个——

也就是个美丽美丽的梦。

选自《新月》第四卷第六期(1933 年 3 月 1 日)

山中一个夏夜

山中一个夏夜，深得
像没有底一样，
黑影，松林密密的；
周围没有点光亮。
对山闪着只一盏灯——两盏
像夜的眼，夜的眼在看！

满山的风全蹑着脚
像是走路一样，
躲过了各处的枝叶
各处的草，不响。
单是流水，不断地在山谷上
石头的心，石头的口在唱。

旅居伦敦时林徽因与父亲的合影。

在伦敦的日子林徽因也会感到寂寞，特别是当父亲开会的时候，后来她这样回忆那时的情景：“我独自坐在一间顶大的书房里看雨，那是英国的不断的雨。我爸爸到瑞士国联开会去，……到晚上又是在顶大的饭厅里（点着一盏顶暗的灯）独自坐着（垂着两条不着地的腿同刚刚垂肩的发辫），一个人吃饭，一面咬着手指头哭——闷到实在不能不哭！”（一九三七年致沈从文信）

均匀的一片静,罩下
像张软垂的幔帐。
疑问不见了,四角里
模糊,是梦在窥探?
夜像在祈祷,无声地在期望
幽馥的虔诚在无声里布漫。

选自《新月》第四卷第七期(1933 年 6 月 1 日)

微　光

街上没有光,没有灯,
店廊上一角挂着有一盏;
他和她把他们一家的运命
含糊的,全数交给这暗淡。

街上没有光,没有灯,
店窗上,斜角,照着有半盏。
合家大小朴实的脑袋,
并排儿,熟睡在土炕上。

外边有雪夜;有泥泞:
砂锅里有不够明日的米粮;
小屋,静守住这微光,
缺乏着生活上需要的各样。

缺的是把干柴；是杯水；麦面……
为这吃的喝的，本说不到信仰，——
生活已然，固定的，单靠气力，
在肩臂上边，来支持那生的胆量。

明天，又明天，又明天……
一切都限定了，谁还说希望，——
便使是做梦，在梦里，闪着，
仍旧是这一粒孤勇的光亮？

街角里有盏灯，有点光，
挂在店廊；照在窗槛；
他和她，把他们一家的运命
明白的，全数交给这凄惨。

选自《大公报·文艺副刊》第二期（1933年9月27日）

“

在多年以后听她（按，指林徽因）谈到徐志摩，我注意到她的记忆总是和文学大师们联系在一起——雪莱、基兹、拜伦、凯塞琳·曼斯菲尔德、弗吉尼亚·伍尔芙，以及其他人。在我看来，在他的挚爱中他可能承担了教师和指导者的角色，把她导入英国的诗歌和戏剧的世界，以及那些把他自己也同时迷住的新的美、新的理想、新的感受。就这样他可能为她对于他所热爱的书籍和喜欢的梦想的灵敏的反应而高兴。他可能编织出一些幻想来。

——费慰梅在《梁思成与林徽因》一书中谈到林徽因与徐志摩的友谊

”

秋天,这秋天

这是秋天,秋天,
风还该是温软:
太阳仍笑着那微笑,
闪着金银,夸耀
他实在无多了的
最奢侈的早晚!
这里那里,在这秋天,
斑彩错置到各处
山野,和枝叶中间,
像醉了的蝴蝶,或是
珊瑚珠翠,华贵的失散,
缤纷降落到地面上。
这时候心得像歌曲,
由山泉的水光里闪动,

浮出珠沫，溅开
山石的喉嗓唱。
这时候满腔的热情
全是你的，秋天懂得，
秋天懂得那狂放，——
秋天爱的是那不经意
不经意的凌乱！

但是秋天，这秋天，
他撑着梦一般的喜筵，
不为的是你的欢欣：
他撒开手，一掬璎珞，
一把落花似的幻变，
还为的是那不定的
悲哀，归根儿蒂结住
在这人生的中心！
一阵萧萧的风，起自
昨夜西窗的外沿，

摇着梧桐树哭。——
起始你怀疑着：
荷叶还没有残败；
小划子停在水流中间；
夏夜的细语,夹着虫鸣,
还信得过仍然偎着
耳朵旁温甜；
但是梧桐叶带来桂花香,
已打到灯盏的光前。
一切都两样了,他闪一闪说,
只要一夜的风,一夜的幻变。
冷雾迷住我的两眼,
在这样的深秋里,
你又同谁争？现实的背面
是不是现实,荒诞的,
果属不可信的虚妄？
疑问抵不住简单的残酷,
再别要悯惜流血的哀惶,

趁一次里，要认清
造物更是摧毁的工匠。
信仰只一细炷香，
那点子亮再经不起西风
沙沙的隔着梧桐树吹！
如果你忘不掉，忘不掉
那同听过的鸟啼；
同看过的花好，信仰
该在过往的中间安睡。……
秋天的骄傲是果实，
不是萌芽，——生命不容你
不献出你积累的馨芳；
交出受过光热的每一层颜色；
点点沥尽你最难堪的酸怆。
这时候，
切不用哭泣；或是呼唤；
更用不着闭上眼祈祷；
（向着将来的将来空等盼）：

只要低低的，在静里，低下去

已困倦的头来承受，——承受

这叶落了的秋天

听风扯紧了弦索自歌挽：

这秋，这夜，这惨的变换！

选自《大公报·文艺副刊》第十七期（1933年11月18日）

“

当我第一次去拜访林徽因时，她刚从英国回来，在交谈中，她谈到以后要学建筑。我当时连建筑是什么还不知道，徽因告诉我，那是包括艺术和工程技术为一体的一门学科。因为我喜爱绘画，所以我也选择了建筑这个专业。

——林洙《困惑的大匠梁思成》

年　关

哪里来，又向哪里去？
这不断，不断的行人，
奔波杂遝的，这车马？
红的灯光，绿的紫的，
织成了这可怕，还是
可爱的夜？高的楼影
渺茫天上，都象征些
什么现象？这噪聒中
为什么又凝着这沉静；
这热闹里，会是凄凉？
这是年关，年关。有人
由街头走着，估计着，
孤零的影子斜映着，
一年，又是一年辛苦，
一盘子算珠的艰和难。

日中你敛住气，夜里

你喘，一条街，一条街，

跟着太阳灯光往返，——

人和人，好比水在流，

人是水，两旁楼是山！

一年，一年，

连年里，这穿过城市

胸膛的辛苦，成千万，

成千万人流的血汗，

才会造成了像今夜

这神奇可怕的灿烂！

看，街心里横一道影

灯盏上开着血印的花

夜在凉雾和尘沙中

进展，展进，许多口里

在喘着年关，年关……

选自《大公报·文艺副刊》第四十三期(1934 年 2 月 21 日)

你是人间的四月天

——一句爱的赞颂

我说你是人间的四月天；
笑响点亮了四面风；轻灵
在春的光艳中交舞着变。

你是四月早天里的云烟，
黄昏吹着风的软，星子在
无意中闪，细雨点洒在花前。

那轻，那娉婷，你是，鲜妍
百花的冠冕你戴着，你是
天真，庄严，你是夜夜的月圆。

雪化后那片鹅黄，你像；新鲜
初放芽的绿，你是；柔嫩喜悦

1922年，林徽因与梁思成在北京景山后街雪池胡同家中，这里留下了梁、林热恋的身影。

梁思成与林徽因在林徽因回国后开始正式恋爱，他们常去环境优美的北海公园，那里坐落着新建的松坡图书馆；林徽因也会跟梁思成去清华学堂，看他参加音乐演出。有一次林徽因和梁思成一起逛太庙，刚进庙门梁思成就失了踪影，她正诧异，梁思成已爬上大树喊她名字。这段时光对于林徽因来说是灿烂温暖的。

水光浮动着你梦中期待白莲。

你是一树一树的花开，是燕
在梁间呢喃，——你是爱，是暖，
是希望①，你是人间的四月天！

选自《学文》第一卷第一期(1934 年 5 月)

①作者后来将“是希望”改作“是诗的一篇”。

①

②

③

①1924 年 5 月,林徽因与泰戈尔等在北京景山庄士敦家门前。

那时泰戈尔刚获得诺贝尔文学奖不久,就由北京讲学社请到中国,梁启超、林长民等人主持,徐志摩负责翻译。

②林徽因与徐志摩陪伴在泰戈尔身边。

泰戈尔同北京学生见面的场面,在吴咏的《天坛史话》中有生动的描写:“林小姐人艳如花,和老诗人挟臂而行,加上长袍白面、郊寒岛瘦的徐志摩,有如苍松竹梅的一幅三友图。徐志摩的翻译,用了中国语汇中最美的修辞,以硖石官话出之,便是一首首的小诗,飞瀑流泉,淙淙可听。”

③1924 年 5 月 8 日林徽因扮演泰戈尔诗剧《齐特拉》中的公主,造型曼妙动人。

演出结束后,泰戈尔赞美道:“马尼浦国王的女儿,你的美丽和智慧不是借来的,是爱神早已给你的馈赠。不只是让你拥有一天、一年,而是伴随你终生,你因此而放射出光辉。”

忆

新年等在窗外，一缕香，
枝上刚放出一半朵红。
心在转，你曾说过的
几句话，白鸽似的盘旋。

我不曾忘，也不能忘
那天的天澄清得透蓝，
太阳带点暖，斜照在
每棵树梢头，像凤凰。

是你在笑，仰脸望，
多少勇敢话那天，你我
全说了，——像张风筝
向蓝穹，凭一线力量。

选自《学文》第一卷第二期（1934 年 6 月）

吊玮德

玮德,是不是那样,
你觉到乏了,有点儿
不耐烦,
并不为别的缘故
你就走了,
向着哪一条路?

玮德你真是聪明;
早早地让花开过了
那顶鲜妍的几朵,
就选个这样春天的清晨,
挥一挥袖
对着晓天的烟霞
走去,轻轻的,轻轻的

背向着我们。
春风似的不再停住！

春风似的吹过，
你却留下
永远的那么一颗
少年人的信心；
少年的微笑
和悦地
洒落在别人的新枝上。
我们骄傲
你这骄傲
但你，玮德，独不惆怅
我们这一片
懦弱的悲伤？

黯淡是这人间
美丽不常走来
你知道。

歌声如果有,也只在
几个唇边旋转!
一层一层尘埃,
凄怆是各样的安排,
即使狂飙不起,狂飙不起,
这远近苍茫,
雾里狼烟,
谁还看见花开!

你走了,
你也走了,
尽走了,再带着去
那些儿馨芳,
那些个嘹亮,
明天再明天,此后
寂寞的平凡中
都让谁来支持?
一星星理想,难道

从此都空挂到天上?

玮德你真是个诗人
你是这般年轻,好像
天方放晓,钟刚敲响……
你却说倦了,有点儿
不耐烦忍心,
一条虹桥由中间折断,
情愿听杜鹃啼唱,
相信有明月长照,
寒光水底能依稀映成
那一半连环
憧憬中
你诗人的希望!

玮德是不是那样
你觉得乏了,人间的怅惘
你不管;

“

天空的蔚蓝，
爱上了大地的碧绿，
他们之间的微风叹了声“哎！”

——泰戈尔未能帮助徐志摩与林徽因成就美事，临行时为她留下一首小诗。

”

莲叶上笑着展开

浮烟似的诗人的脚步。

你只相信天外那一条路?

选自《文艺月刊》第七卷第六期(1935 年 6 月)

灵 感

是你,是花,是梦,打这儿过,
此刻像风在摇动着我;
告诉日子重叠盘盘的山窝;
清泉潺潺流动转狂放的河;
孤僻林里闲开着鲜妍花,
细香常伴着圆月静天里挂;
且有神仙纷纭地浮出紫烟,
衫裾飘忽映影在山溪前;
给人的理想和理想上
铺香花,叫人心和心合着唱;
直到灵魂舒展成条银河,
长长流在天上一千首歌!

是你,是花,是梦,打这儿过,

此刻像风在摇动着我；
告诉日子是这样的不清醒；
当中偏响着想不到的一串铃，
树枝里轻声摇曳；金镶上翠，
低了头的斜阳，又一抹光辉。
难怪阶前人忘掉黄昏，脚下草，
高阁古松，望着天上点骄傲；
留下檀香，木鱼，合掌，
在神龛前，在蒲团上，
楼外又楼外，幻想彩霞却缀成
凤凰栏杆，挂起了塔顶上灯！

本诗在作者生前未发表，据手稿写于1935年10月

林徽因在美国宾西法尼亚大学学生证上的照片。

1924年林徽因与梁思成起程前往美国就读于宾夕法尼亚大学。林徽因用两年的时间取得了美术学士学位,又作为建筑系的旁听生,不到两年就受聘担任建筑设计教师助理,不久更成为这门课程的辅导教师。

城楼上

你说什么？
鸭子，太阳，
城墙下那护城河？
——我？
我在想，
——不是不在听——
想怎样
从前，
……
——对了，
也是秋天！

你也曾去过，
你？那小树林？

还记得吗；

山窝，红叶像火？

映影

湖心里倒浸，

那静？

天！……

（今天的多蓝，你看！）

白云，

像一缕烟。

谁又啰嗦了？

你爱这里城墙，

古墓，长歌，

蔓草里开野花朵。

好，我不再讲

从前的，单想

我们在古城楼上

今天，——

白鸽，

（你准知道是白鸽?）

飞过面前。

选自《大公报·文艺副刊》第三十九期（1935 年 11 月 8 日）

深 笑

是谁笑得那样甜,那样深,
那样圆转?一串一串明珠
大小闪着光亮,迸出天真!
清泉底浮动,泛流到水面上,
灿烂,
分散!

是谁笑得好花儿开了一朵?
那样轻盈,不惊起谁。
细香无意中,随着风过,
拂在短墙,丝丝在斜阳前
挂着,
留恋。

是谁笑成这百层塔高耸，

让不知名鸟雀来盘旋？是谁

笑成这万千个风铃的转动，

从每一层琉璃的檐边

摇上，

云天？

选自《大公报·文艺副刊》第二十七期(1936 年 1 月 5 日)

①

②

①1927 年 3 月，梁思成、林徽因身着中国传统服饰在宾夕法尼亚大学留影。

来自东方的林徽因吸引了许多目光，当年，一位美国同学在当时的报纸上对林徽因有过生动报道：“她坐在靠近窗户能够俯视校园中一条小径的椅子上，俯身向一张绘画桌。她那瘦削的身影匍匐在那巨大的建筑习题上……她的作业总是得到最高分数或者偶尔第二。她不苟言笑，幽默谦逊，从不把自己的成就挂在嘴边。”

②1927 年在宾夕法尼亚大学读书，与留学生同学合影。

林徽因很快融入了留学生活，她在回答对美国女同学的印象和看法时说：“……我得承认，刚开始的时候我认为她们很傻，但是后来当你透过表面现象的时候，你就会发现，她们是世界上最好的伙伴。在中国，一个女孩子的价值完全取决于她的家庭。而在这里，有一种我所喜欢的民主精神。”

静　坐

冬有冬的来意，

寒冷像花，——

花有花香，冬有回忆一把。

一条枯枝影，青烟色的瘦细，

在午后的窗前拖过一笔画；

寒里日光淡了，渐斜……

就是那样的

像待客人说话

我在静沉中默啜着茶

选自《大公报·文艺副刊》第二百九十三期(1936年1月11日)

1928 年 3 月 21 日，林徽因身着自己设计的东方式礼服与梁思成在加拿大渥太华梁思成姐夫任总领事的中国总领事馆举行婚礼。

风　筝

看，那一点美丽
会闪到天空！
几片颜色，
挟住双翅，
心，缀一串红。

飘摇，它高高地去，
逍遥在太阳边
太空里闪
一小片脸，
但是不，你别错看了
错看了它的力量，
天地间认得方向！
它只是

轻的一片，

一点子美

像是希望，又像是梦

一长根丝牵住

天穹，渺茫

高高推着它舞去，

白云般飞动，

它也猜透了不是自己，

它知道，知道是风！

选自《大公报·文艺副刊》第三十九期(1936年2月14日)

雨后天

我爱这雨后天，
这平原的青草一片！
我的心没底止地跟着风吹，
风吹：
吹远了香草，落叶，
吹远了一缕云，像烟——
像烟。

选自《大公报·文艺副刊》第一百一十期（1936年3月15日）

①

②

③

①②③1928年春夏，林徽因和梁思成离开留学四年的美国，前往欧洲度蜜月。长达五六个月的蜜月之行，更像是一次欧洲建筑考察。梁启超还亲自替他们设计了行程路线。

记　忆

断续的曲子,最美或最温柔的
夜,带着一天的星。
记忆的梗上,谁不有
两三朵娉婷,披着情绪的花
无名地展开
野荷的香馥,
每一瓣静处的月明。

湖上风吹过,头发乱了,或是
水面皱起像鱼鳞的锦。
四面里的辽阔,如同梦
荡漾着中心彷徨的过往
不着痕迹,谁都
认识那图画,
沉在水底记忆的倒影!

选自《大公报·文艺副刊》第一百一十四期(1936年3月22日)

静　院

你说这院子深深的——
美从不是现成的。
这一掬静，
到了夜，你算，
就需要多少铺张？
月圆了残，叫卖声远了，
隔过老杨柳，一道墙，又转，
初一？凑巧谁又在烧香……
离离落落的满院子，
不定是神仙走过，
仅是迷惘，像梦……
窗槛外或者是暗的，
或透那么一点灯火。

这搁静,院子深深的
——也有人叫它作情绪——
情绪,好,你指点看
有不有轻风,轻得那样
没有声响,吹着凉?
黑的屋脊,自己的,人家的,
兽似的背耸着,又像
寂寞在嘶声地喊!
石阶,尽管沉默,你数,
多少层下去,下去,
是不是还得栏杆,斜斜的
双树的影去支撑?

对了,角落里边
还得有人低着头脸。
会忘掉又会记起,——会想,
——那不论——或者是
船去了,一片水,或是

小曲子唱得嘹亮；

或是枝头粉黄一朵，

记不得谁了，又向谁认错！

又是多少年前——夏夜。

有人说：

“今夜，天，……”（也许是秋夜）

又穿过藤萝，

指着一边，小声的，“你看，

星子真多！”

草上人描着影子；

那样点头，走，

又有人笑，……

静，真的，你可相信

这平铺的一片——

不单是月光，星河，

雪和萤虫也远——

夜，情绪，进展的音乐，

如果慢弹的手指
能轻似蝉翼,
你拆开来看,纷纭,
那玄微的细网
怎样深沉地扰住天地,
又怎样交织成
这细致缥缈的彷徨!

选自《大公报·文艺周刊》第一百二十二期(1936年4月12日)

由林徽因设计的东北大学校徽。

回国后的林徽因和梁思成去往东北大学任教。林徽因讲授“雕饰史”和建筑设计，后来又讲“专业英语”。东北大学改组后，张学良亲任校长，公开悬赏征求校歌和校徽，校徽就选中林徽因设计的图案，它的整体是一面盾牌，其间巍峨耸立着白山，横流着滔滔黑水。校徽标志正上方镌刻着“东北大学”四个古体字，四字中间的图案是中国八卦中的“艮卦”简图，“艮卦”指的是东北方向。标志中两个动物造型分别是狼和熊，用来比喻当时东北形势的危机。中间“知行合一”是东北大学的校训，一直沿用至今。

无　题

什么时候再能有
那一片静；
溶溶在春风中立着，
面对着山，面对着小河流？

什么时候还能那样
满掬着希望；
披拂新绿，耳语似的诗思，
登上城楼，更听那一声钟响？

什么时候，又什么时候，心
才真能懂得
这时间的距离；山河的年岁
昨天的静，钟声，

昨天的人

怎样又在今天里划下一道影！

选自《大公报·文艺副刊》第一百三十八期(1936年5月3日)

题剔空菩提叶

认得这透明体,

智慧的叶子掉在人间?

消沉,慈净——

那一天一闪冷焰,

一叶无声的坠地,

仅证明了智慧寂寞

孤零的终会死在风前!

昨天又昨天,美

还逃不出时间的威严;

相信这里睡眠着最美丽的

骸骨,一丝魂魄月边留念,——

……

菩提树下清荫则是去年!

选自《大公报·文艺副刊》第一百四十六期(1936年5月17日)

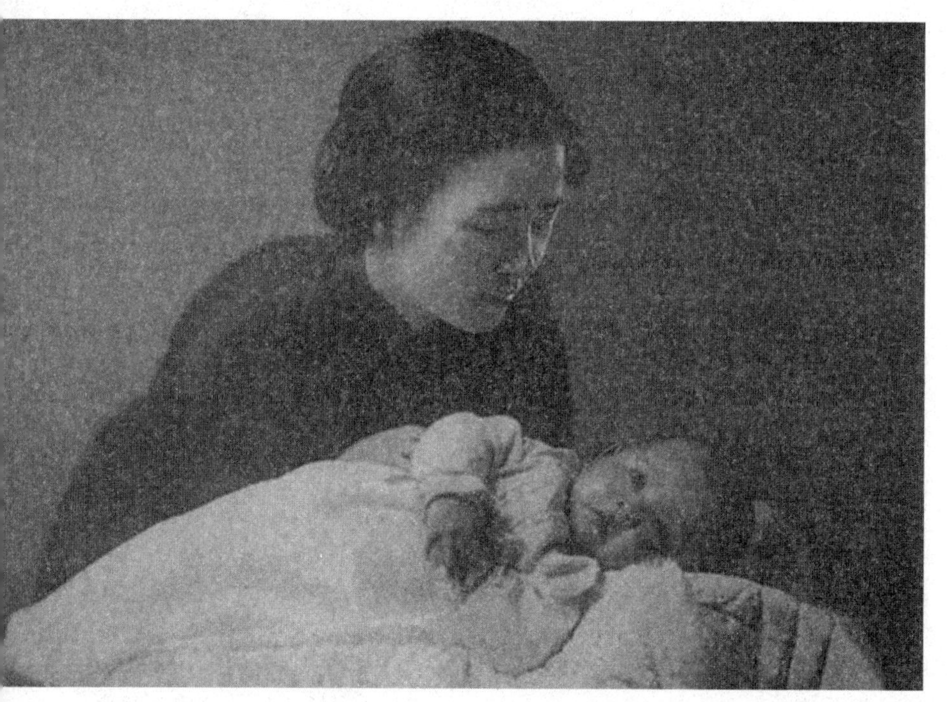

林徽因凝视出生不久的梁再冰。

1929 年，林徽因的第一个孩子诞生，夫妇为女儿取名“再冰”，以纪念离别不久的父亲。（梁启超的书房叫“饮冰室”，著有文集《饮冰室文集》）

黄昏过泰山

记得那天
心同一条长河，
让黄昏来临，
月一片挂在胸襟。
如同这青黛山，
今天，
心是孤傲的屏障一面
葱郁，
不忘却晚霞，
苍莽，
却听脚下风起，
来了夜——

选自《大公报·文艺副刊》第一百八十二期(1936年7月19日)

昼　梦

昼梦，
垂着纱，
无从追寻那开始的情绪
还未曾开花；
柔韧得像一根
乳白色的茎，缠住
纱帐下；银光
有时映亮，去了又来；
盘盘丝络
一半失落在梦外。

花竟开了，开了；
零落地攒集，
从容地舒展

一朵,那千百瓣!

抖擞那不可言喻的

刹那情绪,

庄严峰顶——

天上一颗星……

晕紫,深赤;

天空外旷碧,

是颜色同颜色浮溢,腾飞……

深沉,

又凝定——

悄然香馥,

袅娜一片静。

昼梦

垂着纱,

无从追踪的情绪

开了花;

四下里香深,

林徽因在北总布胡同三号居所客厅。

梁思成、林徽因从沈阳回到北平，最终租居了北总布胡同三号。“三号是一套两进的四合院，大大小小四十来间。它也在东城，靠近皇城根。院里栽着丁香、海棠和马缨花树，里院和外院隔着垂花门。里院客厅，通常的窗棂纸换成了更加透光的玻璃，阳光可以洒满一地。……西北向窗下的办公桌很宽大，搁着林徽因喜欢用的毛笔和砚台，旁边紧挨着书架，其间插满中外文书籍。平时这里很静谧，很优雅。”(《莲灯微光里的梦：林徽因的一生》)

低覆着禅寂，

间或游丝似的摇移，

悠忽一重影：

悲哀或不悲哀

全是无名，

一闪娉婷。

选自《大公报·文艺副刊》第二百〇六期(1936年8月30日)

八月的忧愁

黄水塘里游着白鸭,
高粱梗油青的刚高过头,
这跳动的心怎样安插,
田里一窄条路,八月里这忧愁?

天是昨夜雨洗过的,山岗
照着太阳又留一片影:
羊跟着放羊的转进村庄,
一大棵树荫下罩着井,又像是心?

从没有人说过八月什么话,
夏天过去了,也不到秋天。
但我望着田垄,土墙上的瓜,
仍不明白生活同梦怎样的连牵。

选自《大公报·文艺副刊》第二百二十四期(1936年9月30日)

过杨柳[①]

反复地在敲问心同心，
彩霞片片已烧成灰烬，
街的一头到另一条路，
同是个黄昏扑进尘土。

愁闷压住所有的新鲜，
奇怪街边此刻还看见，
混沌中浮出光妍的纷纠，
死色楼前垂一棵杨柳！

选自《大公报·文艺副刊》第二百四十一期(1936年11月1日)

---

①作者后改题为:《黄昏过杨柳》。

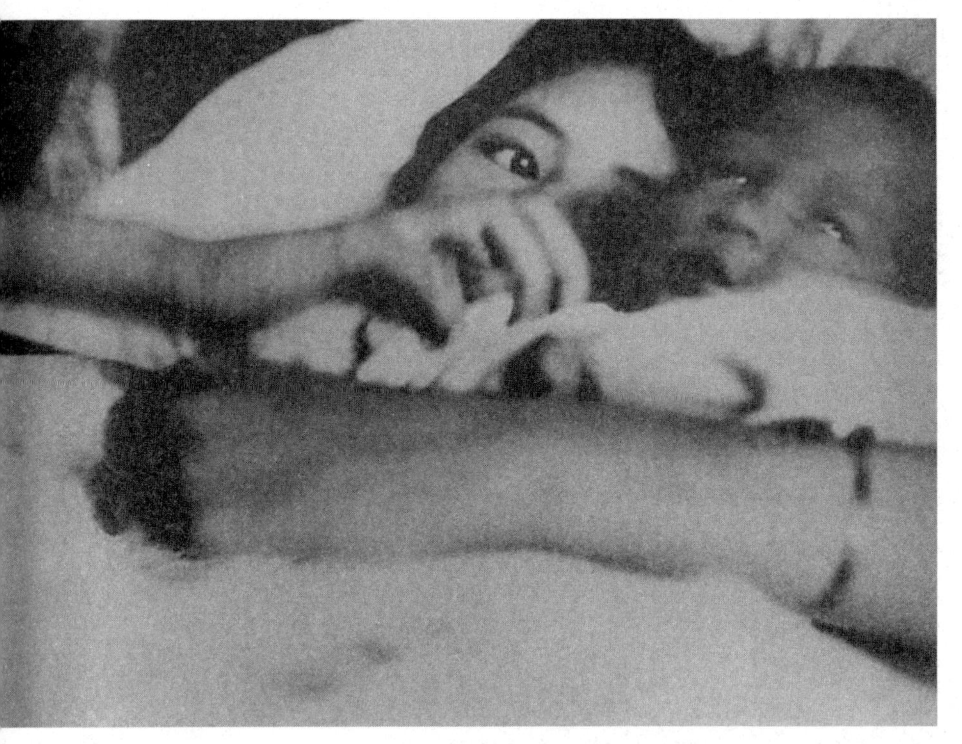

林徽因与儿子梁从诫。

1932 年夏天，林徽因的第二个孩子诞生，作为长子，林梁夫妇对他寄予厚望，取名从诫，希望他可以传承《营造法式》作者李诫建筑研究的精神。

别丢掉

别丢掉,
这一把过往的热情,
现在流水似的,
轻轻
在幽冷的山泉底,
在黑夜,在松林,
叹息似的渺茫,
你仍要保持着那真!
一样是明月,
一样是隔山灯火,
满天的星,
只使人不见,
梦似的挂起,
你向黑夜要回

那一句话——你仍得相信

山谷中留着

有那回音！

选自《大公报·文艺副刊》第一百一十四期(1936年3月15日)

你来了

你来了，画里楼阁立在山边，
交响曲由风到风，草青到天！
阳光投多少个方向，谁管？你，我
如同画里人掉回头，便就不见！
你来了，花开到深深的深红，
绿萍遮住池塘上一层晓梦，
鸟唱着，树梢交织起细细枝柯，——白云
却是我们，悠忽翻过好几重天空。

选自《新诗》第三期(1936年12月)

旅途中

我卷起一个包袱走，
过一个山坡子松，
又走过一个小庙门
在早晨最早的一阵风中。
我心里没有埋怨，人或是神；
天底下的烦恼，连我的
拢总，
像已交给谁去，……

前面天空。
山中水那样清，
山前桥那么白净，——
我不知道造物者认不认得
自己图画；
乡下人的笠帽，草鞋，
乡下人的性情。

选自《新诗》第三期（1936年12月）

冥　思

心此刻同沙漠一样平[1]，
思想像孤独的一个阿拉伯人；
仰脸孤独地向天际望
落日远边奇异的霞光，
安静的，又侧个耳朵听
远处一串骆驼的归铃。

在这白色的周遭中，
一切像凝冻的雕形不动：
白袍，腰刀，长长的头巾，
浪似的云天，沙漠上风！
偶有一点子振荡闪过天线，
残霞边一颗星子出现。

选自《大公报·文艺副刊》第二百六十五期(1936 年 12 月 13 日)

---

①该诗发表时，此句为：此刻胸前同沙漠一样平。

①

②

③

①林徽因在测绘中。

林徽因生下儿子梁从诫后不久，便与梁思成进行外出考察，五六年的时间里，足迹遍及六七个省。梁思成为《清式营造则例》写序时特别说明："内子林徽音在本书上为我分担的工作，除'绪论'外，自开始至脱稿以后数次的增修删改，在照片之摄制及选择，图版之分配上，我实指不出彼此分工区域，最后更精心校读增削。所以至少说她便是这书一半的著者才对。"

②1933年，林徽因在河北正定开元寺钟梁架上测绘。

林徽因热忱投身古建筑的研究，是中国第一位建筑学女教授，第一位女建筑师，也是唯一登上天坛祈年殿宝顶的女建筑师。梁思成的建树，没有林徽因是不可想象的。有位诗人认为：林徽因实际上确是梁思成灵感的源泉。

③1934年夏，林徽因在山西汾阳小相村灵岩寺。

野外考察古建筑的生活很清苦，而林徽因，一个肺结核患者，却和男子一样，爬梁上柱，餐风宿雨，毫无抱怨，在她眼里，建筑物中蕴涵"诗意"，她说，"无论哪一个巍峨的古城楼，或一角倾颓的殿基的灵魂里，无形中都在诉说，乃至于歌唱，时间上漫不可信的变迁……"

空　想

终日的企盼企盼正无着落——
太阳穿窗棂影，种种花样。
暮秋梦远，一首诗似的寂寞，
真怕看光影，花般洒在满墙。

日子悄悄的仅按沉吟的节奏，
尽打动简单曲，像钟摇响。
不是光不流动，花瓣子不点缀时候，
是心漏却忍耐，厌烦了这空想！

选自《新诗》第三期（1936年12月）

藤花前

——独过静心斋

紫藤花开了
轻轻地放着香，
没有人知道……

紫藤花开了
轻轻地放着香，
没有人知道。
楼不管，曲廊不作声，
蓝天里白云行去，
池子一脉静；
水面散着浮萍，
水底下挂着倒影。

紫藤花开了

没有人知道！

蓝天里白云行去，

小院，

无意中我走到花前。

轻香，风吹过

花心，

风吹过我，——

望着无语紫色点。

选自《新诗》第三期（1936 年 12 月）

你来了，

你来了，畫裡楼阁立在山邊，
交響曲，由風到風，草青到天，
陽光投多少個方向，誰管？你我
如同畫裡人，掉回頭便就不見！

你来了，花開到深深的深紅，
綠萍遮住池塘上一層曉夢，
鳥唱着，樹梢交織着枝柯，白雲
卻是我们，悠忽翻過幾重天空！

一九三四

（大家诗歌典藏馆　提供）

1934 年，林徽因诗作《你来了》手稿。

林徽因的书法整体舒淡雅致，笔法柔中含劲，并将自己的孤傲、高洁、哀伤和灵性充溢于字里行间，达到了字与人的完美结合。

“九·一八”闲走

天上今早盖着两层灰，
地上一堆黄叶在徘徊，
惘惘的是我跟着凉风转，
荒街小巷，蛇鼠般追随！

我问秋天，秋天似也疑问我：
在这尘沙中又挣扎些什么，
黄雾扼住天的喉咙，
处处仅剩情绪的残破？

但我不信热血不仍在沸腾；
思想不仍铺在街上多少层；
甘心让来往车马狠命地轧压，
待从地面开花，另来一种完整。

选自《新诗》第三期（1936年12月）

红叶里的信念

年年不是要看西山的红叶，
谁敢看西山红叶？不是
要听异样的鸟鸣，停在
那一个静幽的树枝头，
是脚步不能自己的走——
走，迈向理想的山坳子
寻觅从未曾寻着的梦：
一茎梦里的花，一种香，
斜阳四处挂着，风吹动，
转过白云，小小一角高楼。

钟声已在脚下，松同松
并立着等候，山野已然
百般渲染豪侈的深秋。
梦在哪里，你的一缕笑，
一句话，在云浪中寻遍，

不知落到哪一处？流水已经
渐渐的清寒，载着落叶
穿过空的石桥，白栏杆，
叫人不忍再看，红叶去年
同踏过的脚迹火一般。

好，抬头，这是高处，心卷起
随着那白云浮过苍茫，
别计算在哪里驻脚，去，
相信千里外还有霞光，
像希望，记得那烟霞颜色，
就不为编织美丽的明天，
为此刻空的歌唱，空的
凄恻，空的缠绵，也该放
多一点勇敢，不怕连牵
斑驳金银般旧积的创伤！

再看红叶每年，山重复的
流血，山林，石头的心胸

从不倚借梦支撑,夜夜
风像利刃削过大土壤,
天亮时沉默焦灼的唇,
忍耐的仍向天蓝,呼唤
瓜果风霜中完成,呈光彩,
自己山头流血,变坟台!
平静,我的脚步,慢点儿去,
别相信谁曾安排下梦来!

一路上枯枝,鸟不曾唱,
小野草香风早不是春天。
停下!停下!风同云,水同
水藻全叫住我,说梦在
背后;蝴蝶秋千理想的
山坳同这当前现实的
石头子路还缺个牵连!
愈是山中奇妍的黄月光
挂出树尖,愈得相信梦,
梦里斜晖一茎花是谎!

但心不信！空虚的骄傲
秋风中旋转，心仍叫喊
理想的爱和美，同白云
角逐；同斜阳笑吻；同树，
同花，同香，乃至同秋虫
石隙中悲鸣，要携手去；
同奔跃嬉游水面的青蛙，
盲目的再去寻盲目日子，——
要现实的热情另涂图画，
要把满山红叶采作花！

这萧萧瑟瑟不断的呜咽，
掠过耳鬓也还卷着温存，
影子在秋光中摇曳，心再
不信光影外有串疑问！
心仍不信，只因是午后，
那片竹林子阳光穿过
照暖了石头，赤红小山坡，
影子长长两条，你同我

1935 年林徽因在北平香山养病期间。

林徽因在静心养病期间，有了较多的闲暇时光阅读自己喜爱的作品。晚上，一卷书，一炷香，一袭洁白睡袍，林徽因不免陶醉其中，在这种氛围中，开始了文学创作。《谁爱这不息的变幻》《仍然》《那一晚》等诗歌都是在这期间创作的。

曾经参差那亭子石路前，
浅碧波光老树干旁边！

生命中的谎再不能比这把
颜色更鲜艳！记得那一片
黄金天，珊瑚般玲珑叶子
秋风里挂，即使自己感觉
内心流血，又怎样个说话？
谁能问这美丽的后面
是什么？赌博时，眼闪亮，
从不悔那猛上孤注的力量；
都说任何苦痛去换任何一分，
一毫，一个纤微的理想！

所以脚步此刻仍在迈进，
不能自已，不能停！虽然山中
一万种颜色，一万次的变，
各种寂寞已环抱着孤影：
热的减成微温，温的又冷，
焦黄叶压踏在脚下碎裂，

残酷地散排昨天的细屑，
心却仍不问脚步为甚固执，
那寻不着的梦中路线，——
仍依恋指不出方向的一边！

西山，我发誓地，指着西山，
别忘记，今天你，我，红叶，
连成这一片血色的伤怆！
知道我的日子仅是匆促的
几天，如果明年你同红叶
再红成火焰，我却不见，……
深紫，你山头须要多添
一缕抑郁热情的象征，
记下我曾为这山中红叶，
今天流血地存一堆信念！

选自《新诗》第四期（1937 年 1 月）

山　中

紫色山头抱住红叶，将自已影射在山前，
人在小石桥上走过，渺小的追一点子想念。
高峰外云在深蓝天里镶白银色的光转，
用不着桥下黄叶，人在泉边，才忆起夏天！

也不因一个人孤独的走路，路更蜿蜒，
短白墙房舍像画，仍画在山坳另一面，
只这丹红集叶替代人记忆失落的层翠，
深浅团抱这同一个山头，惆怅如薄层烟。

山中斜长条青影，如今红萝乱在四面，
百万落叶火焰在寻觅山石荆草边，
当时黄月下共坐天真的青年人情话，相信
那三两句长短，星子般仍挂秋风里不变。

选自《大公报·文艺副刊》第二百九十二期（1937年1月29日）

“

听说徽因得了很严重的肺病，还经常得卧床休息。可她哪像个病人，穿了一身骑马装……她说起话来，别人几乎插不上嘴。徽因的健谈绝不是结了婚的妇人的那种闲言碎语，而常是有学识，有见地，犀利敏捷的批评……她从不拐弯抹角，模棱两可。这种纯学术的批评，也从来没有人记仇。我常常折服于徽因过人的艺术悟性。

——萧乾《才女林徽因》

”

十月独行

像个灵魂失落在街边,
我望着十月天上十月的脸,
我向雾里黑影上涂热情
悄悄地看一团流动的月圆。

我也看人流着流着过去,来回
黑影中冲着波浪翻星点
我数桥上栏杆龙样头尾,
像坐一条寂寞船,自己拉纤。

我像哭,像自语,我跟自己抱歉!
自己焦心,同情,一把心紧似琴弦,——
我说哑的,哑的琴我知道,一出曲子
未唱,幻望的手指终未来在上面?

选自《大公报·文艺副刊》第三百〇七期(1937年3月7日)

①

②

①发表林徽因作品的《新月》杂志。

林徽因最初发表的作品,除署笔名“尺棰”外,均用本名林徽音,但读者容易将其与海派作家林徽音相混,于是名字改作林徽因,日后也就一直沿用。林徽因曾为自己编订过一本诗集,但因全面抗战的爆发,使得她错过了生前出版的机会。后人经过搜集整理,终于在 1985 年印制发行了《林徽因诗集》。

②林徽因参与编辑的《文学杂志》。

林徽因创作的唯一剧本,是未完篇的残本《梅真同他们》。《梅真同他们》全剧构思为四幕,1937 年 5 月开始连载于创刊的《文学杂志》月刊,每期发表一幕,8 月计划发表最后一幕,但 7 月上旬全面抗战爆发,8 月份第四期印出后随即停刊,抗战胜利复刊后,却始终未见第四幕面世。朱光潜刚读到第一幕剧稿,便禁不住在《编辑后记》中赞美:“林徽因女士的轻描淡写是闷热天气中的一剂清凉散。”

时　间

人间的季候永远不断在转变
春时你留下多处残红，翩然辞别，
本不想回来时同谁叹息秋天！

现在连秋云黄叶又已失落去
辽远里，剩下灰色的长空一片
透彻的寂寞，你忍听冷风独语？

选自《大公报·文艺副刊》第三百一十期(1937年3月14日)

古城春景

时代把握不住时代自己的烦恼,——
轻率的不满,就不叫它这个时代牢骚——
偏又流成愤怨,聚一堆黑色的浓烟
喷出烟囱,那矗立的新观念,在古城楼对面!

怪不得这嫩灰色一片,带疑问的春天
要泥黄色风沙,顺着白洋灰街沿,
再低头去寻觅那已失落了的浪漫
到蓝布棉帘子,万字栏杆,仍上老店铺门槛?

寻去,不必有新奇的新发现,旧有保障
即使古老些,需要翡翠色甘蔗做拐杖
来支撑城墙下小果摊,那红鲜的冰糖葫芦
仍然光耀,串串如同旧珊瑚,还不怕新时代的尘土。

选自《新诗》第二卷第一期(1937年4月)

前　后

河上不沉默的船
载着人过去了；
桥——三环洞的桥基，
上面再添了足迹；
早晨，
早又到了黄昏，
这赓续
绵长的路……
不能问谁
想望的终点，——
没有终点
这前面。
背后，
历史是片累赘！

选自《大公报·文艺副刊》第三百三十六期(1937年5月16日)

去　春

不过是去年的春天，花香，
红白的相间着一条小曲径，
在今天这苍白的下午，再一次登山
回头看，小山前一片松风
就吹成长长的距离，在自己的身旁。

人去时，孔雀绿的园门，白丁香花，
相伴着动人的细致，在此时，
又一次湖水将解的季候，已全变了画。
时间里悬挂，迎面阳光不来，
就是来了也是斜抹一行沉寂记忆，树下。

选自《文学杂志》第一卷第四期（1937 年 7 月）

除夕看花

新从嘈杂着异乡口调的花市上买来，
碧桃雪白的长枝，同红血般的山茶花。
着自己小角隅再用精致鲜艳来结采，
不为着锐的伤感，仅是钝的还有剩余下

明知道房里的静定，像弄错了季节，
气氛中故乡失得更远些，时间倒着悬挂；
过年也不像过年，看出灯笼在燃烧着点点血，
帘垂花下已记不起旧时热情，旧日的话。

如果心头在旋转着熟识旧时的芳菲，
模糊如条小径越过无数道篱笆，
纷纭的花叶枝条，草看弄得人昏迷，
今日的脚步，再不甘重踏上前时的泥沙。

“

她是具有创造才华的作家、诗人，是一个具有丰富的审美能力和广博智力活动兴趣的妇女，而且她交际起来又洋溢着迷人的魅力。在这个家，或者她所在的任何场合，所有在场的人总是全都在围绕着她转。

——费正清《费正清对华回忆录》

月色已冻住，指着各处山头，河水更零乱，
关心的是马蹄平原上辛苦，无响在刻画，
除夕的花已不是花，仅一句言语梗在这里，
抖战着千万的忧患，每个心头上牵挂。

选自香港《大公报·文艺副刊》(1939年6月28日)

孤　岛

遥望它是充满画意的山峰，
远立在河心里高傲的凌耸，
可怜它只是不幸的孤岛，——天然没有埂堤，
人工没搭座虹桥。

他同他的映影永为周围的囚犯
陆地于它，是达不到的希望！
早晚寂寞它常将小舟挽住！
风雨时节任江雾把自己隐去。

晴天它挺着小塔，玲珑独对云心：
盘盘石阶，由钟声松林中，超出安静。
特殊的轮廓它苦心孤诣做成，
漠漠大地又哪里去找一点同情？

选自《益世报·文艺周刊》第二十二期(1947年1月4日)

死是安慰

个个连环,永打不开,
生是个结,又是个结!
死的实在,
一朵云彩。

一根绳索,永远牵住,
生是张风筝,难得飘远,
死是江雾,
迷茫飞去!

长条旅程,永在中途,
生是脚步,泥般沉重,——
死是尽处,
不再辛苦。

客厅众人,左起金岳霖、费慰梅、林徽因、费正清、梁思成。

受到欧洲影响的中国文人带来了“文艺沙龙”,林徽因的“太太客厅”是最为人津津乐道的。哲学教授金岳霖、经济学教授陈岱荪、政治学教授钱端升、考古学教授李济、艺术学教授邓叔存、艺术家常书鸿都是常客,再有就是与林徽因相识不久的一对美国年轻学者费正清和费慰梅。大家来这里读诗,聊天,讨论,或只为一睹才女的风采。

一曲溪涧，日夜流水，

生是种奔逝，永在离别！

死只一回，

它是安慰。

选自《益世报·文学周刊》第二十二期（1947年1月4日）

给秋天

正与生命里一切相同，
我们爱得太是匆匆；
好像只是昨天，
你还在我的窗前！

笑脸向着晴空
你的林叶笑声里染红
你把黄光当金子般散开
稚气，豪侈，你没有悲哀。

你的红叶是亲切的牵绊，那凌乱
每早必来缠住我的晨光。
我也吻你，不顾你的背影隔过玻璃窗！
你常淘气的闪过，却不对我忸怩。

可是我爱得多么疯狂，
竟未觉察凄厉的夜晚
已在你背后尾随，——
等候着把你残忍的摧毁

一夜呼号的风声，
果然没有把我惊醒，
等到太晚的那个早晨
啊。天！你已经不见了踪影。

我苛刻地咒诅自己，
但现在有谁走过这里，
除却严冬铁样长脸。
阴雾中，偶然一见。

选自《大公报·文学副刊》第三十期(1947年5月4日)

人　生

人生，
你是一支曲子，
我是歌唱的；

你是河流
我是条船，一片小白帆
我是个行旅者的时候，
你，田野，山林，峰峦。

无论怎样，
颠倒密切中牵连着
你和我，
我永从你中间经过；

我生存，

你是我生存的河道，

理由同力量。

你的存在

则是我胸前心跳里

五色的绚彩

但我们彼此交错

并未彼此留难。

……

现在我死了，

你，——

我把你再交给他人负担！

选自《大公报·文学副刊》第三十期(1947年5月4日)

“

“徽因舅妈非常美丽、聪明、活泼，善于和周围人搞好关系，但又常常锋芒毕露表现为自我中心。她放得开，使许多男孩子陶醉。思成舅舅相对起来比较刻板，严肃而用功，但也有幽默感。”

——梁思成与林徽因性格差异很大，梁思庄的女儿吴荔明在《梁启超和他的儿女们》这样写道。

”

展 缓

当所有的情感
都并入一股哀怨
如小河，大河，汇向着
无边的大海，——不论
怎么冲急，怎样盘旋，——
那河上劲风，大小石卵，
所做成的几处逆流，
小小港湾，就如同
那生命中，无意的宁静
避开了主流；情绪的
平波越出了悲愁。

停吧，这奔驰的血液；
它们不必全然废弛的

都去造成眼泪。

不妨多几次辗转，溯回流水，

任凭眼前这一切缭乱，

这所有，去建筑逻辑。

把绝望的结论，稍稍

迟缓；拖延时间，——

拖延理智的判断，——

会再给纯情感一种希望！

选自《大公报·文艺副刊》第三十期（1947年5月4日）

我们的雄鸡

我们的雄鸡从没有以为
自已是孔雀
自信他们鸡冠已够他
仰着头散步
一个院子他绕上了一遍
仪表风姿
都在群雌的面前！

我们的雄鸡从没有以为
自已是首领
晓色里他只扬起他的呼声
这呼声叫醒了别人
他经济地保留这种叫喊
(保留那规则)
于是便象征了时间！

写于 1948 年 2 月 18 日清华

③

①1934 年,林徽因与费正清、费慰梅在山西考察。

林徽因在一个外国人举办的美术展览会上与费慰梅和费正清这对美国夫妇相遇,与两费相识,让林徽因格外有了精神,她在给费慰梅的信中写道:“自从你们两人来到我们身边,并向我注入了新的活力和对生活以及总体上对未来的新看法以来,我变得更加年轻活泼有朝气了。”

②1934 年夏,林徽因与费慰梅在山西。

③林徽因与友人合影。(左起金岳霖、梁再冰、林徽因、某友人、费慰梅、费正清)

昆明即景

1 茶铺

这是立体的构画，
描在这里许多样脸
在顺城脚的茶铺里
隐隐起喧腾声一片。

各种的姿势，生活
刻画着不同方面：
茶座上全坐满了，笑的，
皱眉的，有的抽着旱烟。

老的，慈祥的面纹，
年轻的，灵活的眼睛，
都暂要时间茶杯上

停住，不再去扰乱心情

一天一整串辛苦，
此刻才赚回小把安静，
夜晚回家，还有远路，
白天，谁有工夫闲看云影？

不都为着真的口渴，
四面窗开着，喝茶，
跷起膝盖的是疲乏，
赤着臂膀好同乡邻闲话。

也为了放下扁担同肩背
向命运喘息，倚着墙，
每晚靠这一碗茶的生趣
幽默估计生的短长……

这是立体的构画，

设色在小生活旁边，
荫凉南瓜棚下茶铺，
热闹照样的又过了一天。

2 小楼

张大爹临街的矮楼①，
半藏着，半挺着，立在街头，
瓦覆着它，窗开一条缝，
夕阳染红它，如写下古远的梦。

矮檐上长点草，也结过小瓜，
破石子路在楼前，无人种花，
是老坛子，瓦罐，大小的相伴；
尘垢列出许多风趣的凌乱。

①初稿中此句为“那上七下八临街的矮楼。”昆明旧式民居典型制式为底楼高八尺，二层高七尺。

①

②

③

④

①1938年初，林徽因在昆明巡津街9号。梁思成一家因抗战爆发全家流亡到了大西南。

②1938年初，林徽因与亲友在昆明巡津街9号院中。

③1939年秋，林徽因与女儿梁再冰在自己设计建造的自家房屋前。

④1938年昆明西山华亭寺。左起周培源、梁思成、陈岱荪、林徽因、金岳霖、吴有训，前排梁再冰、梁从诫。

但张大爹走过,不吟咏它好:

大爹自己(上年纪了)不相信古老。

他拐着杖常到隔壁沽酒,

宁愿过桥,土堤去看新柳!

选自《经世日报·文艺副刊》第五十八期(1948年2月22日)

一串疯话

好比这树丁香,几枝山红杏,
相信我的心里留着有一串话,
绕着许多叶子,青青的沉静,
风露日夜,只盼五月来开开花!

如果你是五月,八月里为我吹开
蓝空上霞彩,那样子来了春天,
忘掉腼腆,我定要转过脸来,
把一串疯话全说在你的面前!

选自《经世日报·文艺副刊》第五十八期(1948年2月22日)

六点钟在下午

用什么来点缀
六点钟在下午？
六点钟在下午
点缀在你生命中，
仅有仿佛的灯光，
褪败的夕阳，窗外
一张落叶在旋转！

用什么来陪伴
六点钟在下午？
六点钟在下午
陪伴着你在暮色里闲坐，
等光走了，影子变换，
一支烟，为小雨点
继续着，无所盼望！

选自《经世日报·文艺周刊》第五十八期(1948年2月22日)

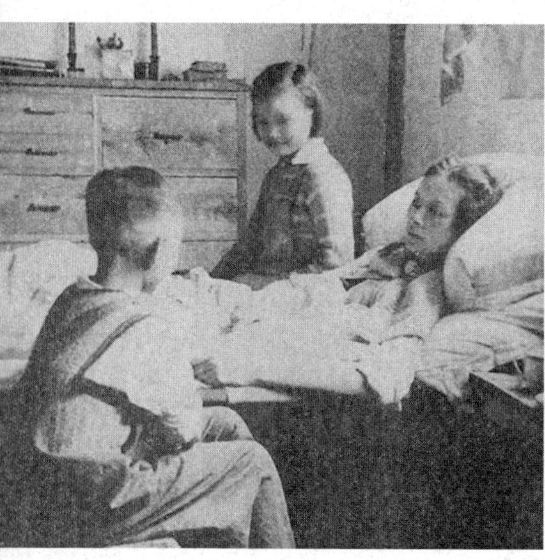

①

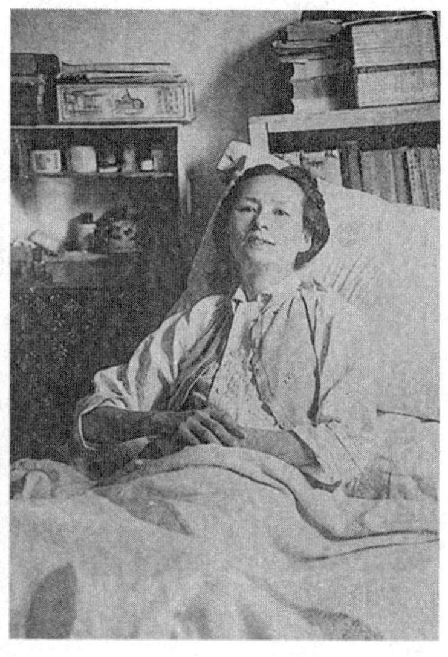

②

①②病中的林徽因在四川南溪李庄。

1940 年底,林徽因和母亲以及两个孩子出发,历经艰辛,到达李庄,他们的住处坐落在镇外两里的上坝村,一个地名叫月亮田的张姓大院落。李庄环境优美,但气候恶劣潮湿,不到一个月,林徽因的肺病急剧复发,从此卧床不起。

哭三弟恒

——三十年空战阵亡①

弟弟，我没有适合时代的语言
来哀悼你的死；
它是时代向你的要求，
简单的，你给了。
这冷酷简单的壮烈是时代的诗
这沉默的光荣是你。

假使在这不可免的真实上
多给了悲哀，我想呼喊，
那是——你自己也明了——
因为你走得太早，
太早了，弟弟，难为你的勇敢，

①"三十年"指民国三十年。——梁从诫注

机械的落伍，你的机会太惨！

三年了，你阵亡在成都上空，
这三年的时间所做成的不同，
如果我向你说来，你别悲伤，
因为多半不是我们老国，
而是他人在时代中辗动，
我们灵魂流血，炸成了窟窿。

我们已有了盟友、物资同军火，
正是你所曾经希望过。
我记得，记得当时我怎样同你
讨论又讨论，点算又点算，
每一天你是那样耐性的等着，
每天却空的过去，慢得像骆驼！

现在驱逐机已非当日你最想望
驾驶的"老鹰式七五"那样——

那样笨,那样慢,啊,弟弟不要伤心,
你已做到你们所能做的,
别说是谁误了你,是时代无法衡量,
中国还要上前,黑夜在等天亮。

弟弟,我已用这许多不美丽言语
算是诗来追悼你,
要相信我的心多苦,喉咙多哑,
你永不会回来了,我知道,
青年的热血做了科学的代替;
中国的悲怆永沉在我的心底。

啊,你别难过,难过了我给不出安慰。
我曾每日那样想过了几回:
你已给了你所有的,同你去的弟兄
也是一样,献出你们的生命!
已有的年轻一切;将来还有的机会,
可能的壮年工作,老年的智慧;

①

②

①1949年3月送女儿梁再冰南下前。

这一年，清华大学聘林徽因任建筑系一级教授，主讲“中国建筑史”，林徽因和梁思成的女儿梁再冰参加了解放军南下工作团，儿子梁从诫考入北京大学历史系。一开始，林徽因并不赞成女儿南下，她希望女儿可以完成学业，但最终还是尊重了女儿的选择。

②梁再冰与弟弟梁从诫的合影。

可能的情爱,家庭,儿女,及那所有
生的权利,喜悦;及生的纠纷!
你们给的真多,都为了谁?你相信
今后中国多少人的幸福要在
你的前头,比自己要紧;那不朽
中国的历史,还需要在世上永久。

你相信,你也做了,最后一切你交出。
我既完全明白,为何我还为着你哭?
只因你是个孩子却没有留什么给自己,
小时我盼着你的幸福,战时你的安全,
今天你没有儿女牵挂需要抚恤同安慰,
而万千国人像已忘掉,你死是为了谁!

选自《文学杂志》第二卷第十二期(1948年5月)

小诗(一)

感谢生命的讽刺嘲弄着我,
会唱的喉咙哑成了无言的歌。
一片轻纱似的情绪,本是空灵,
现时上面全打着拙笨补丁。

肩头上先是挑起两担云彩,
带着光辉要在从容天空里安排;
如今黑压压沉下现实的真相,
灵魂同饥饿的脊梁将一起压断!

我不敢问生命现在人该当如何
喘气!经验已如旧鞋底的穿破,
这纷歧道路上,石头和泥土模糊,
还是赤脚方便,去认取新的辛苦。

选自《文学杂志》第二卷第十二期(1948 年 5 月)

小诗(二)

小蚌壳里有所有的颜色;
整一条虹藏在里面。
绚彩的存在是他的秘密,
外面没有夕阳,也不见雨点。

黑夜天空上只一片渺茫:
整宇宙星斗那里闪亮,
远距离光明如无边海面,
是每一小粒晶莹,给了你方向。

选自《文学杂志》第二卷第十二期(1948 年 5 月)

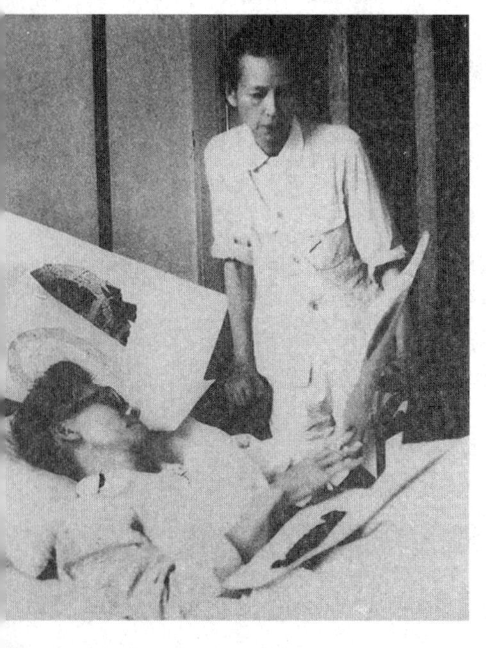

林徽因与病中的梁思成讨论国徽设计方案。

在国徽设计的具体工作时，因梁思成事务繁多，实际的设计任务基本由林徽因和她的合作者与助手完成。梁思成在给女儿的信中说到这件事:“技术工作全由妈妈负责指挥总其成，把你的妈妈忙得不可开交，我真是又心疼、又不过意。但是工作一步步地逼迫着向前走，紧张兴奋热烈之极，同时当然也遭遇许多人事和技术的困难……妈妈瘦了很多，但精神极好。”(梁再冰文《我的妈妈林徽因》)

恶劣的心绪

我病中,这样缠住忧虑和烦扰,
好像西北冷风,从沙漠荒原吹起,
逐步吹入黄昏街头巷尾的垃圾堆;
在霉腐的琐屑里寻讨安慰,
自己在万物消耗以后的残骸中惊骇,
又一点一点给别人扬起可怕的尘埃!

吹散记忆正如陈旧的报纸飘在各处彷徨,
破碎支离的记录只颠倒提示过去的骚乱。
多余的理性还像一只饥饿的野狗
那样追着空罐同肉骨,自己寂寞地追着
咬嚼人类的感伤;生活是什么都还说不上来,
摆在眼前的已是这许多渣滓!

我希望:风停了;今晚情绪能像一场小雪,
沉默的白色轻轻降落地上;
雪花每片对自己和他人都带一星耐性的仁慈,
一层一层把恶劣残破和痛苦一起掩藏;
在美丽明早的晨光下,焦心暂不必再有,——
绝望要来时,索性是雪后残酷的寒流!

选自《文学杂志》第二卷第十二期(1948 年 5 月)

写给我的大姐

当我去了，还有没说完的话，
好像客人去后杯里留下的茶；
说的时候，同喝的机会，都已错过，
主客黯然，可不必再去惋惜它。
如果有点感伤，你把脸掉向窗外，
落日将尽时，西天上，总还留有晚霞。

一切小小的留恋算不得罪过，
将尽未尽的衷曲也是常情。
你原谅我有一堆心绪上的闪躲，
黄昏时承认的，否认等不到天明；
有些话自己也还不曾说透，
他人的了解是来自直觉的会心。

当我去了，还有没说完的话，

像钟敲过后，时间在悬空里暂挂，

你有理由等待更美好的继续；

对忽然的终止，你有理由惧怕。

但原谅吧，我的话语永远不能完全，

亘古到今情感的矛盾做成了嘶哑。

选自《文学杂志》第二卷第十二期（1948 年 5 月）

一　天

今天十二个钟头，
是我十二个客人，
每一个来了，又走了，
最后夕阳拖着影子也走了！
我没有时间盘问我自己胸怀，
黄昏却蹑着脚，好奇地偷着进来！
我说：朋友，这次我可不对你诉说啊，
每次说了，伤我一点骄傲。
黄昏黯然，无言地走开，
孤单的、沉默的，我投入夜的怀抱！

选自《文学杂志》第二卷第十二期(1948年5月)

“她天生是诗人气质、酷爱戏剧，也专学过舞台设计，却是她的丈夫、建筑学和中国建筑史名家梁思成的同行，表面上不过主要是后者的得力协作者，实际却是他灵感的源泉。”

——卞之琳

对残枝

梅花你这些残了后的枝条，
是你无法诉说的哀愁！
今晚这一阵雨点落过以后，
我关上窗子又要同你分手。

但我幻想夜色安慰你伤心，
下弦月照白了你,最是同情，
我睡了,我的诗记下你的温柔，
你不妨安心放芽去做成绿荫。

选自《文学杂志》第二卷第十二期(1948 年 5 月)

对北门街园子

别说你寂寞；大树拱立，
草花烂漫，一个园子永远
睡着；没有脚步的走响。

你树梢盘着飞鸟，每早云天
吻你额前，每晚你留下对话
正是西山最好的夕阳。

选自《文学杂志》第二卷第十二期(1948 年 5 月)

十一月的小村

我想象我在轻轻的独语:
十一月的小村外是怎样个去处?
是这渺茫江边淡泊的天,
是这映红了的叶子疏疏隔着雾:
是乡愁,是这许多说不出的寂寞;
还是这条独自转折来去的山路?
是村子迷惘了,绕出一丝丝青烟;
是那白沙一片篁竹围着的茅屋?
是枯柴爆裂着灶火的声响,
是童子缩颈落叶林中的歌唱?
是老农随着耕牛,远远过去,
还是那坡边零落在吃草的牛羊?
是什么做成这十一月的心,
十一月的灵魂又是谁的病?

①

②

①用在林徽因追悼会上的遗像。

1955年3月31日深夜,林徽因昏迷不醒,梁思成扶病来与她诀别,不禁失声痛哭:"受罪呀,徽,受罪呀,你真受罪呀!"凌晨六点二十分,病房十分寂静,林徽因悄悄地走了,谁也没在她的身边。追悼会设在金鱼胡同贤良寺,众多挽联里,金岳霖、邓叔存合撰的那副最为瞩目:一身诗意千寻瀑,万古人间四月天。

②林徽因墓。

林徽因的灵柩安葬在八宝山公墓,墓体由梁思成设计,实现了他们之间的约定:后者为先走的人设计墓体。林徽因走后,梁思成用精美的小本子抄录爱妻的诗篇,每一首都工工整整,林徽因的诗歌也在后人的整理下于1985年首次出版。林徽因留给后人的不仅仅是美丽与才气,她的精神财富更加值得后人传承与珍惜。

山坳子叫我立住的仅是一面黄土墙；
下午通过云霾那点子太阳！
一棵野藤绊住一角老墙头，斜睨
两根青石架起的大门，倒在路旁
无论我坐着，我又走开，
我都一样心跳；我的心前
虽然烦乱，总像绕着许多云彩，
但寂寂一湾水田，这几处荒坟，
它们永说不清谁是这一切主宰
我折一根柱枝，看下午最长的日影
要等待十一月的回答微风中吹来。

选自《文学杂志》第二卷第十二期(1948年5月)

忧　郁

忧郁自然不是你的朋友；
但也不是你的敌人，你对他不能冤屈！
他是你强硬的债主，你呢？是
把自己灵魂压给他的赌徒。

你曾那样拿理想赌博，不幸
你输了；放下精神最后保留的田产，
最有价值的衣裳，然后一切你都
赔上，连自己的情绪和信仰，那不是自然？

你的债权人他是，那么，别尽问他脸貌
到底怎样！天呀，你如果一定要看清
今晚这里有盏小灯，灯下你无妨同他
面对面，你是这样的绝望，他是这样无情！

选自《文学杂志》第二卷第十二期（1948 年 5 月）

桥

他的使命：

　　南北两岸莽莽两条路的携手；

他的完成

　　不挡江月东西，船只上下的交流；

他的肩背

　　坚定的让脚步上面经过，找各人的路去；

他的胸怀

　　虚空的环洞，不把江心洪流堵住 。

他是座桥：

　　一条大胆的横梁，立脚于茫茫水面；

一堆泥石，

　　辛苦堆积或造型的完美，在自然上边；

一掬理智，

梁思成与林徽因雕像。

梁思成纪念馆坐落在大同市东城墙脚下,该馆是全国唯一的沉于地下的仿古院落,显露于地面上的是院内建筑屋顶上的青瓦、龙形吻、脊兽等,院落布局错落有致。

适应无数的神奇，支持立体的纪念；
一次人工，
　　矫正了造化的疏忽，将隔绝的重新牵连！

他是座桥，
　　看那平衡两排如同静思的栏杆；
他的力量，
　　两座桥墩下，多粗壮的石头镶嵌；
他的忍耐，
　　容每道车辙刻入脚印已磨光的石板；
他的安闲，
　　岁月增进，让钓翁野草随在身旁。
他的美丽，
　　如同山月的锁钥，正见出人类的匠心；
他的心灵，
　　侵入寒波，在一钩倒影里续成圆形。
他的存在，
　　却不为嬉戏的闲情——而为责任；

他的理想，

　　该寄给人生行旅者一种虔诚。

选自《益世报·文学周刊》第一百〇三期(1948年8月2日)

古城黄昏

我见到古城在斜阳中凝神；
城楼望着城楼，
忘却中间一片黄金的殿顶；
十条闹街还散在脚下，
虫蚁一样有无数行人。

我见到古城在黄昏中凝神；
乌鸦噪聒地飞旋，
废苑古柏在困倦中支撑。
无数坛庙寂寞与荒凉，
锁起一座座剥落的殿门！

我听到古城在薄暮中独语；
僧寺悄寂，熄了香火，

林徽因纪念碑，坐落在浙江省杭州市花港公园西里湖南岸，透过湖光水色，映出林徽因的倩影和美妙文字。

钟声沉下，市声里失去；

车马不断扬起年代的尘土，

到处风沙叹息着历史。

选自《益世报·文学周刊》第一百〇三期（1948年8月2日）

朗读者

扫描

二维码

倾听

王杨为你

读诗

张开口，用方言、普通话、或者其他语言，一起读诗，发出内心最朴素的声音……

选读诗篇：

别丢掉

那一晚

情愿

你是人间的四月天

诗 抄

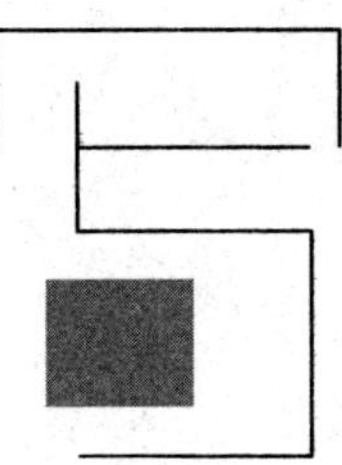

动动手，为自己、为他人、为内心写首诗吧！

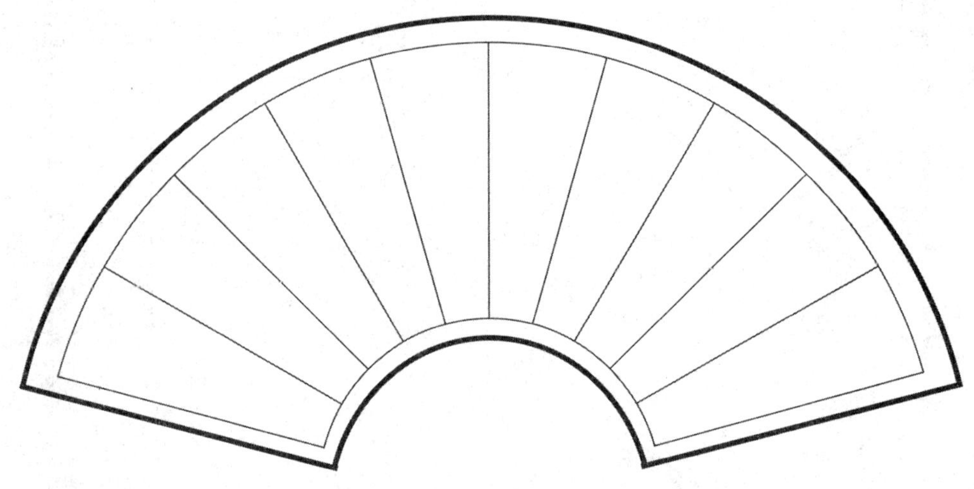

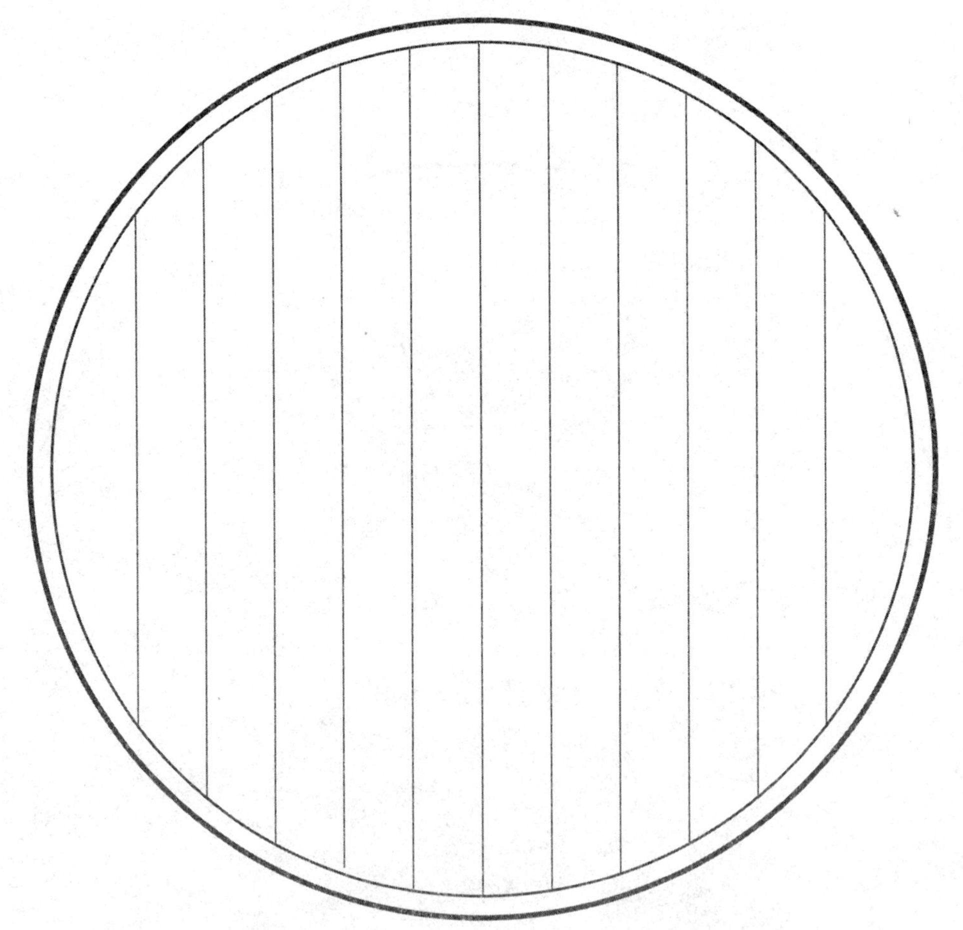

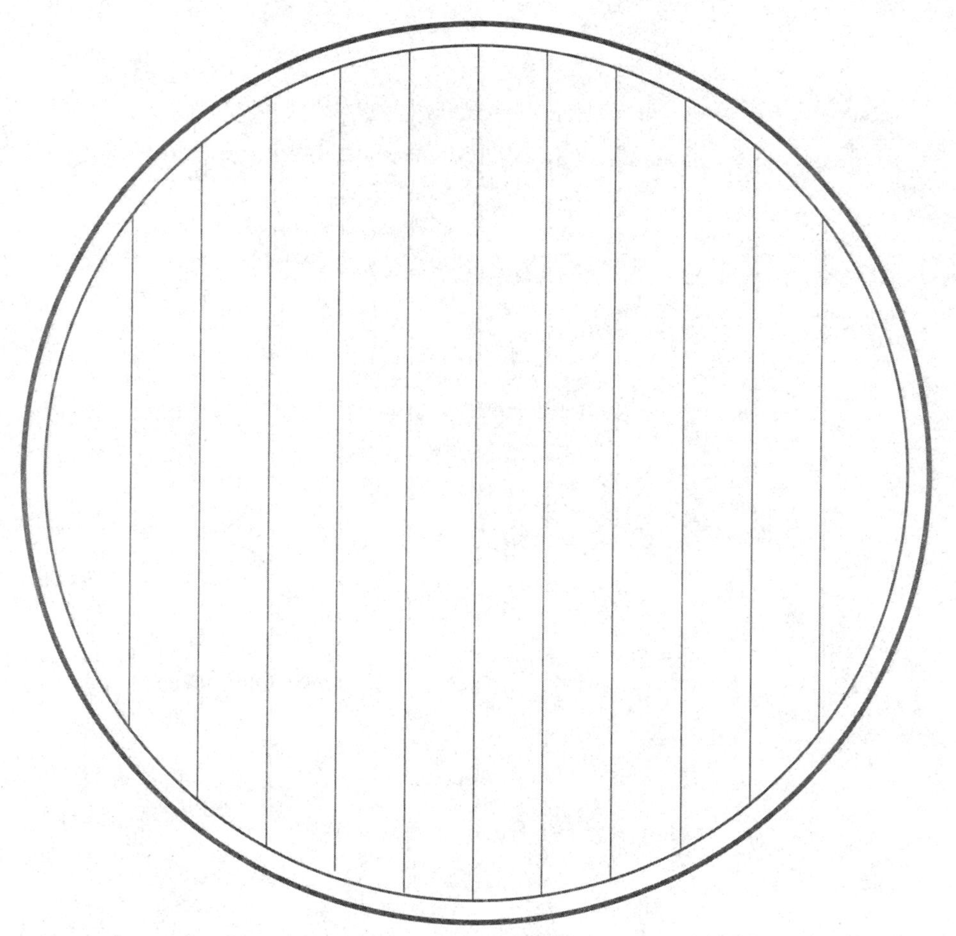

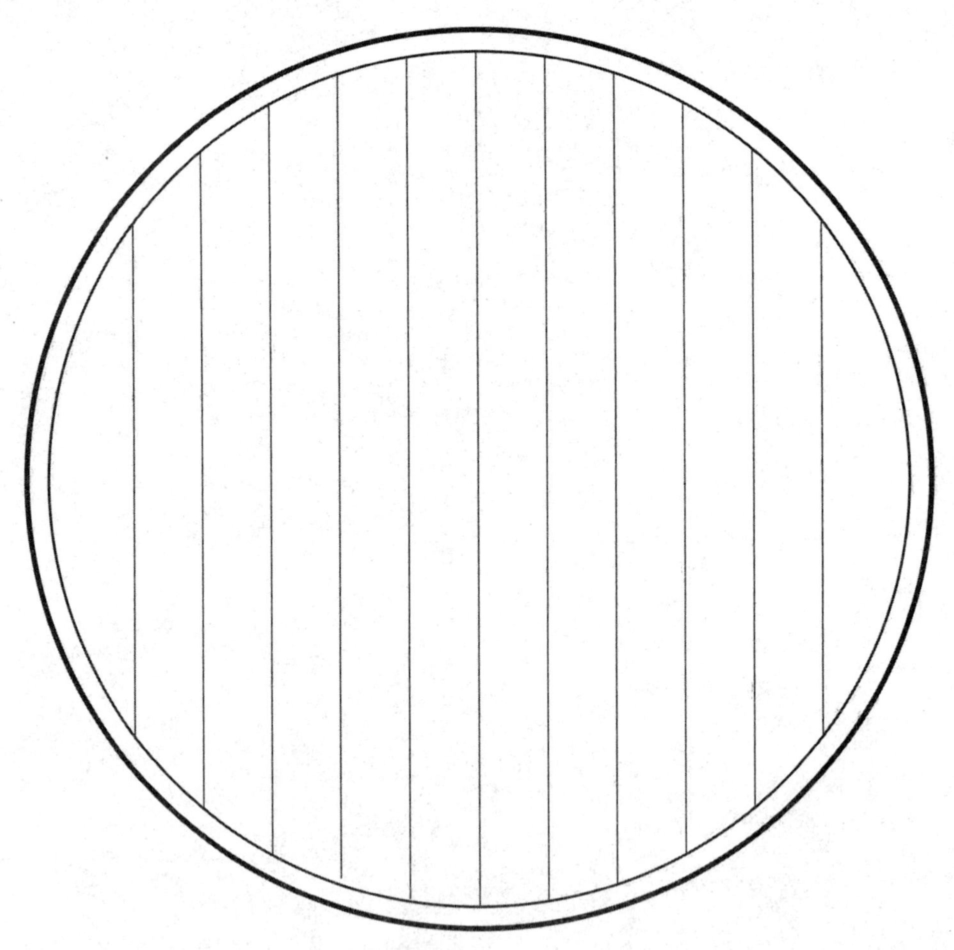